Todos los libros de Linkgua Ediciones cuentan con modelos de Inteligencia Artificial entrenados por hispanistas. Pregúntale al chat de tu libro lo que desees acerca de la obra o su autor/a.

Para ebooks: Accede a nuestro modelo de IA a través de este enlace.

Para libros impresos: Escanea el código QR de la portada con tu dispositivo móvil.

Obtén análisis detallados de nuestros libros, resúmenes, respuestas a tus preguntas y accede a nuestras ediciones críticas generativas para una experiencia de lectura más enriquecedora.
La transparencia y el respeto hacia la autoría de las fuentes utilizadas son distintivos básicos de nuestro proyecto. Por ello, las respuestas ofrecen, mediante un sistema de citas, las fuentes con las que han sido elaboradas.

Félix Lope de Vega y Carpio

Del pan y del palo

Barcelona 2024
Linkgua-ediciones.com

Créditos

Título original: Del pan y del palo.

e-mail: info@red-ediciones.com

Diseño de la colección: Michel Mallard.

ISBN rústica ilustrada: 978-84-9007-150-2.
ISBN tapa dura: 978-84-1126-710-6.
ISBN ebook: 978-84-9897-702-8.

Sumario

Brevísima presentación

La vida

Félix Lope de Vega y Carpio (Madrid, 1562-Madrid, 1635). España.

Nació en una familia modesta, estudió con los jesuitas y no terminó la universidad en Alcalá de Henares, parece que por asuntos amorosos. Tras su ruptura con Elena Osorio (Filis en sus poemas), su gran amor de juventud, Lope escribió libelos contra la familia de ésta. Por ello fue procesado y desterrado en 1588, año en que se casó con Isabel de Urbina (Belisa).

Pasó los dos primeros años en Valencia, y luego en Alba de Tormes, al servicio del duque de Alba. En 1594, tras fallecer su esposa y su hija, fue perdonado y volvió a Madrid. Allí tuvo una relación amorosa con una actriz, Micaela Luján (Camila Lucinda) con la que tuvo mucha descendencia, hecho que no impidió su segundo matrimonio, con Juana Guardo, del que nacieron dos hijos.

Entonces era uno de los autores más populares y aclamados de la Corte. En 1605 entró al servicio del duque de Sessa como secretario, aunque también actuó como intermediario amoroso de éste. La desgracia marcó sus últimos años: Marta de Nevares una de sus últimas amantes quedó ciega en 1625, perdió la razón y murió en 1632. También murió su hijo Lope Félix. La soledad, el sufrimiento, la enfermedad, o los problemas económicos no le impidieron escribir.

Del pan y del palo

Personajes

El Rey Eterno
El Regocijo
La Esposa
Persecución
Dos Criados
El Buen Año
El Cuidado
Sentidos
Un Niño Jesús
Falsedad
Músicos
Labradores

Acto único

(Entrada en una aldea. Al frente una morada real.)

(Sale el Regocijo y Buen Año.)

Buen Año — Espérate, Regocijo,
que el viento en las plantas llevas.

Regocijo — Engéndrame buenas nuevas:
si sabes que soy su hijo,
¿qué me mandas esperar?
Mi Padre, el común Placer,
me ha mandado revolver
con fiestas este lugar.

Buen Año — ¿Y será malo el Buen Año,
para acompañarte?

Regocijo — No;
que estoy bien contigo yo,
cuando no tratas engaño.

Buen Año — Formóme el Sol con sus rayos.

Regocijo — ¿Tú eres el Buen Año?

Buen Año — Sí.

Regocijo — ¡Oh, qué habrá llovido en ti,
los abriles y los mayos!,

que de estas estrechas leyes
serás malo, si no usas.
Por lo menos no te excusas
de casamientos de reyes.

Buen Año — Tengo de eso cuanto quiero,
porque se han casado en mí
el Sol y la Luna.

Regocijo — ¿Ansí?

Buen Año — Como esas dichas espero.

Regocijo — Pues si en ti casados vieses
Luna y Sol, haz regocijos
como si vieses sus hijos.

Buen Año — ¿Quién son sus hijos?

Regocijo — Los mozos.

Buen Año — ¿Doce, por lo menos?

Regocijo — Antes
son pocos. Pero si tienes
nombre de bueno y previenes
trigo y bodas semejantes,
sabe, Buen Año, que yo
de otras bodas vengo ansí.

Buen Año — Cuéntamelas.

Regocijo Oye.

Buen Año Di.

Regocijo Luego, ¿no las sabes?

Buen Año No.

Regocijo La señora de esta aldea
que llaman en este reino
su Cuerpo, que es otro mundo,
aunque le ves tan pequeño;
la noble señora suya,
semejanza por lo menos,
aunque es mujer, de Dios mismo
pues a su imagen ha hecho
su hermosura celestial
con tres potencias, que entiendo
por el Padre, que a su Hijo
en su entendimiento eterno
eternamente lo engendra;
y por la memoria, el Verbo,
aquel que era en el principio,
cerca de Dios y en su pecho;
y el Espíritu amoroso
que está procediendo dellos,
por la voluntad aquel
que es luz, aire puro y fuego,
finalmente, regocijo,
la que vive en ese Cuerpo,
la señora desta aldea
y deste mundo pequeño

hoy se casa (y norabuena
se case) con un requiebro,
con un galán que ha venido,
más que los ángeles bello.
Es tan grande como Dios,
tan sabio, hermoso y tan bueno,
tan rico; y aunque (esto aparte),
Buen Año, se los da eternos,
no es viejo; que David dijo
que como vestidos vicios
todo se acababa, y Dios,
increado y sempiterno,
era Él mesmo; que sus años
como infinitos y inmensos
jamás podían faltar.
Esto es en cuanto a Dios; luego,
por la parte de ser hombre,
es la belleza del cielo,
el resplandor de su Padre,
imagen, sustancia y Verbo;
y nació mil y seiscientos
y doce años ha.

Buen Año ¿Qué dices?

Regocijo Que tiene el esposo bello
mil y seiscientos y doce
años.

Buen Año ¿Y es mozo?

Regocijo (Sigue.) Tras esto,

no tuvo, ni ha de tener
más de treinta y tres, que luego
que los cumplió le mataron.
¿No has oído aquellos versos:
Que de noche le mataron
al divino Caballero,
que era la gala del Padre
y la flor de tierra y cielo?
Pues, aunque fue muy de día,
por él mismo se escribieron;
porque eclipsándose el Sol,
fue noche, y no con silencio.
Porque hasta las piedras, dicen
que unas con otras se dieron.
Mas ¿quién mete al Regocijo
en que agora trate desto,
sino en su Resurrección,
que fue en el día tercero,
como prometido había?
Mas puedes tener por cierto
que el regocijo mayor
deste Príncipe del cielo
es el tratar de su muerte,
de su pasión y tormento.

Buen Año — ¿En bodas se ha de tratar
de pasión?

Regocijo — Tan justo es eso,
que en el mundo cada día
un infinito, un inmenso
número de sacerdotes

la representan al pueblo;
si bien es en sacrificio
que ellos llaman Sacramento
porque Cristo está glorioso
e impasible.

Buen Año — Absorto quedo
de las cosas que me cuentas.

Regocijo — Ya el aldea por sus dueños
se alborota, que hay hidalgos.

Buen Año — ¿Quién?

Regocijo — Memoria, Entendimiento
y la Voluntad, tres casas
que solo a Dios pagan pecho,
y aun, si quiere el Albedrío
(aunque hará mal en hacerlo),
al mismo no pagarán,
que son de alcabala exentos.
Los Sentidos Corporales
son labradores groseros:
el Tacto acude al trabajo
(que ha días que le dijeron
que en el sudor de su rostro
comiese el pan), y no menos
los demás a sus oficios,
con que ha quedado compuesto
el cuerpo de aquesta aldea.
Gente suena. ¿Si son ellos?

(Entran los músicos y algunos labradores; traiga el uno una cruz delante llena de flores, y los Sentidos son los labradores; venga detrás el Rey Eterno y la Esposa, de las manos.)

Músicos

Pues con el Rey se ha casado
la señora de la aldea,
muy enhorabuena sea.

Sentidos

Con la cruz os recibimos
como a señor del lugar,
no para datos pesar,
que a datos placer venimos.
Demás, Señor celestial,
que vuestra cruz nos le ha dado,
que, puesto que os ha pesado,
no os ha parecido mal;
que en ella dijisteis vos:
«Sed tengo»; se ha de entender
que era sed de padecer
más penas, mi Rey, mi Dios.

Rey

Sentidos, que desta aldea
de mi Esposa sois vasallos;
mis tormentos, por pasallos
por quien en mi amor se emplea,
siempre los tuve por buenos,
y ansí mi cruz es mi gloria;
que de armas desta vitoria
están mis palacios llenos,
mis timbres, mis coroneles,
mis torres, mis edificios,
mis puertas, mis frontispicios,

mis naves y mis bajeles;
ésta es la primer señal
del que ha de ser mi soldado:
muy bien lo habéis acordado,
que es mi estandarte real.

Sentidos

Como pan blanco sois vos,
trujimos el leño santo
en que el pueblo ingrato tanto
os atravesó, mi Dios.

Rey

Ya, Potencias y Sentidos,
hidalgos y Labradores,
celebrad gloria y amores.

Esposa

Todos están encendidos
en vuestro divino amor.

Rey

Esposa, bien me lo deben.

Regocijo

(Al Buen año.)
Habla, pues todos se atreven.

Buen Año

El Buen Año soy, Señor;
y ansí vengo de rodillas
a deciros: «Padre nuestro,
luz, guía, amparo y maestro,
Rey de inmensas maravillas;
Vos que en los cielos estáis,
santifique siempre el hombre
vuestro soberano nombre
y obedecido seáis.

Como en el cielo, en la tierra
vuestra voluntad se haga,
pues que tan divina paga
tal premio y tal gloria encierra.
Si yo he de ser el Buen Año,
dadme vuestro pan, Señor,
por que no tenga temor
a ningún futuro daño.
Dadme aquel divino Pan,
maná de más alta esfera,
que nos quite la dentera
de las manzanas de Adán.
Y perdónanos, Señor,
muchas deudas que tenemos
de años caros, con que habemos
empeñado nuestro error;
que, puesto que esto ha de ser
perdonado a los deudores,
daremos de mil amores
el perdón que es menester;
que a fe que está bien trazado,
para que el hombre repare
que, cuando no perdonare,
no puede ser perdonado,
Pero líbranos de mal,
ya que venís al aldea,
que muy norabuena sea,
pues sois bien tan celestial».

Regocijo

¡Válgate Dios por Buen Año!
No dijera Cicerón
tan elegante oración.

A la fe, si no me engaño,
que os habemos de crear
otra vez embajador.

Buen Año — Regocijo, labrador,
deste dichoso lugar,
¿no ves que aquella oración
la escribió el Esposo mismo,
que es profundísimo abismo
de divina erudición?

Regocijo — ¿Luego has aprendido dél?

Buen Año — Él la dijo.

Regocijo — Pues, si es suya,
al mismo Dios se atribuya.
¿Y en qué la escribió? ¿En papel?

Buen Año — Y en los mismos corazones.

Regocijo — Pues lo que es de Dios, Buen Año,
dadlo a Dios.

Buen Año — No ha sido engaño,
porque tales oraciones
las hizo Dios por el hombre,
que con ellas pide a Dios.

Regocijo — Pues alabemos los dos
eternamente su nombre.

Esposa

Señor mío, y mi querido
Padre y dulcísimo Esposo,
dadnos este Pan glorioso,
que yo también os lo pido;
este Pan de eterna vida,
de tierra y cielo sustento,
este divino alimento,
donde Dios a Dios convida.
Hoy que venís al aldea,
haced a todos merced.

Rey

El hacérosla, creed
que es lo más que el Rey desea.
Daré pan a los Sentidos,
aunque tan groseros son
que los pone en confusión;
y a no ser por los oídos,
a quien deben esta fe,
pensarán que el Pan es Pan,
donde accidentes están,
supuesto que el Pan se ve.
Yo tenga palabra dada
que este Pan no ha de faltar
en las bodas de mi altar.

Regocijo

¿Qué más queréis, desposada?
¿Ni vos, amigo Buen Año?

Esposa

Inmensas gracias os doy.

Buen Año

A la fe, contento estoy;
ya, ¿qué puede hacerme daño?

Pan tengo para años mil,
llueva o no llueva.

Rey
Bastó
aquella vez que llovió
sangre de Cristo en abril.

Buen Año
Desde entonces, a la fe
soy Buen Año por mil años.

Regocijo
Hoy, que cesan nuestros daños,
contenta la tierra esté,
mas pedid vino también.

Buen Año
El que dio pan, dará vino,
mejor que el de Architriclino;
que sabe pisarlo bien.

Esposa
Sí, porque sobre el lagar
dice que pisó el Profeta.

Rey
Sí, Esposa hermosa y discreta:
vamos a mi sacro altar,
que es tálamo desta boda.

Esposa
Indigna soy.

Buen Año
Caminad,
la aldea regocijad;
baile, salte y brinque toda.

(Cantan.)

Músicos A las bodas del Cordero
venid, alma, pues os dan
Esposo, y galán,
y un pan en la boda;
con que seréis cielo toda,
y cielo y tierra dirán:
¡viva la gloria del blanco Pan!

(Vase todo el acompañamiento.)

Esposa Pues, Señor, ¿cómo te quedas?

Rey Esposa, contigo voy,
porque dondequiera estoy.

Esposa Suplícote me concedas
que te vea en esta boda.

Rey Cuando en pan me doy, la fe,
que no la vista, me ve,
y en esto consiste toda;
porque es la fe una sustancia
de las cosas que se esperan,
no siéndolo si se vieran;
que en eso está la importancia.
Ve, Esposa, que, si me ves,
el mérito perderás.

Esposa Creo que en el Pan estás.

Rey Pues tú me verás después.

En tantas partes estoy
cuantas veces soy llamado
cual me he dado, me he quedado,
y siempre aquel mismo soy.
Allí estoy sin exceder
los términos de la forma,
y la cantidad conforma
de mi divino poder
con la que tuve en la cruz
y como estoy en el cielo;
y puesto que en todo el suelo
este Pan de vida y luz
se consagre en tantas partes,
no se aumenta el cuerpo mío.

Esposa

Adoro, creo y confío;
pero, Señor, no te apartes
solo un instante de mí.

Rey

Alma hermosa, está segura
que el amor de tu hermosura
jamás me aparte de ti.

Esposa

Eres tú mi solo bien
ningún bien sin ti poseo,
Esposo; que no deseo
que, sin ti, cielo me den.
En ti mi gloria consiste,
en ti mi centro y descanso:
eres dulce, tierno, manso,
Sol que de su luz me viste.
No quiero vida sin ti.

Rey — Bien hacer de enamorarme,
que solo puede obligarme
amor de mi Esposa a mí.
Y por el requiebro, quiero
darte nuevas joyas hoy.

Esposa — Tu esclava y tu hechura soy.

Rey — Decid al Sol, mi platero,
ángeles, que críe el oro,
y las piedras en las minas,
más raras y peregrinas:
hoy quiero darle un tesoro.
Decid que en conchas del mar
engendre perlas la Luna,
que no habrá en sus aguas una
con que se pueda igualar
(que es margarita preciosa)
mi bella Esposa.

Esposa — Señor,
¿quién tanto debe a tu amor?

Rey — Hoy estarás muy hermosa.
¡Hola!

(Salen del palacio criados del Rey.)

Traed los anillos
de aquel mi amor soberano:
enriqueceré su mano.

(Vanse los criados.)

Esposa

Hierros, cadenas y grillos,
en rostro, manos y pies,
me pones, divino Esposo,
dulce, blando y amoroso.

Rey

Hoy quiero que hermosa estés.

(Vuelven a salir los criados. Saquen en una salvilla siete sortijas.)

Muestra la mano, que quiero
ponértelos.

Esposa

Es indigna.

Rey

De Sabiduría divina
te pongo, Esposa, el primero.
Con este hermoso rubí:
de Entendimiento, el segundo,
con que te alejes del mundo
y entiendas mucho de mí;
que tiene este girasol
de tanto matiz diverso,
y del que no alcanza el Sol.
Este anillo es de Consejo:
tiene un hermoso topacio,
en cuyo divino espacio
verás lo que te aconsejo.
El cuarto, de Fortaleza,
tiene un hermoso diamante;

que ser en mi fe constante
aumentará tu belleza.
Con esta esmeralda bella
de Ciencia te doy el quinto;
de Piedad este jacinto.
Por que te ejercite en ella;
y este zafir, de Temor.

Esposa — Tan enriquecida quedo,
que responderte no puedo:
tú mismo, Rey y Señor,
te da las gracias por mí.

Rey — Por estos anillos siete,
siete veces me promete,
Esposa, de serlo ansí.

Esposa — Siete y siete mil, Señor.

Rey — Pues vete al altar, mis ojos.

Esposa — ¿Yo tus ojos?

Rey — Y despojos
de las vitorias de amor.

(Salen el Buen Año y el Regocijo.)

Buen Año — ¡Qué tiernos están los dos!

Regocijo — ¡Que pueda un alma tener
tal gracia, que venga a ser

los mismos ojos de Dios!

Buen Año — Señora de nuestra aldea,
vamos, vamos al altar.

Esposa — Buen Año, hoy has de quedar
seguro.

Buen Año — Para bien sea.

(Vanse; quede el Rey solo.)

Rey — Contenta se va mi Esposa,
y con razón va contenta,
a buena mesa se asienta:
llámela el cielo dichosa.
De señora de una aldea
con el Rey casada está:
por ella no se dirá:
«La ventura de la fea»,
que, solo por su hermosura,
tanto conmigo alcanzó;
que no doy mi gracia yo
a menos gracia y blancura.
Aborrezco la fealdad:
toda se opone a mi gusto,
pero ya probarla es justo;
quiero saber su verdad;
que puesto que yo la sé,
a los que quiero castigo,
porque del mayor amigo
gusto de probar la fe.

Alce el cuchillo Abraham,
que ángeles hay en mi cielo
que, en conociendo su celo,
el golpe defenderán.
¿Cuidado?

(Sale el Cuidado.)

Cuidado — ¿Señor?

Rey — Si aquí
viniere mi Esposa agora,
no como a Esposa y señora
que habéis servido por mí
la tratéis de aquí adelante,
sino con mucha aspereza.
Desnudadle la riqueza,
no la del alma importante,
sino sola la exterior;
que la interior solo ella
puede aumentarla o perdella.

Cuidado — Pues dime, eterno Señor:
¿La Esposa que regalabas,
la que amabas y querías,
a quien requiebros decías,
a quien tus ojos llamabas,
habemos de tratar mal?

Rey — Tiene misterio esta prueba.
Cuando era en principios nueva,
la daba pan celestial,

tratábala con regalo;
pero ya, que sabe amarme,
por mi cruz vaya a buscarme:
sepa del pan y del palo.

(Vase. Entra en su palacio.)

Cuidado ¡Extraños amores son
los deste Señor eterno!
¡Cuando más dulce y más tierno,
cuando con más afición,
entonces más riguroso!
Más bien se deja entender,
que consiste en padecer
todo el amor del Esposo.
Él llama con su regalo
y con su pan; mas después
quiere, pues su cruz lo es,
que haya del pan y del palo.

(Entra la Esposa.)

Esposa ¡Esposo del alma mía,
mi bien, mi Señor, mi Dios!
¿Cuándo veremos los dos
llegar aquel dulce día,
aquel día en que yo os vea
en trono de majestad,
cuando por vuestra ciudad
trueque mi grosera aldea?
Buenas prendas me habéis dado
de vuestra Pasión memoria,

en tanto que a vuestra gloria
llegue. ¡Oh amigo Cuidado!
¿Qué hace el Rey? Quiérole ver.

Cuidado (Oponiéndose a su paso.)
Detente, que no hay lugar
de entrar.

Esposa ¿Yo no puedo entrar?

Cuidado Digo que no puede ser.

Esposa ¿Qué dices? ¿No soy su Esposa?
¿A mí me cierras la puerta?

Cuidado Cree que, no estando abierta,
o está ocupado o reposa.

Esposa Él tiene dicho que vela
su corazón cuando duerme,
y sé que gusta de verme.

Cuidado De no verle te consuela,
si te puedes consolar.
¡Hola!

(Entran dos criados.)

Criados ¿Qué mandas?

Cuidado Aquí
traed la ropa que os di.

(Vanse los criados.) Bien te puedes desnudar.

Esposa No me quitéis el vestido
que el Rey, mi Señor, me dio.

(Vuelven a Salir los criados. Saquen en una fuente una ropa de jerga, cordón y disciplinas. Deben también sacar una cruz, y dejarla en el escenario hincada en el suelo.)

Cuidado Este vestirte mandó
sobre el que tienes vestido.

Esposa ¡Cómo! ¿Ropa de sayal?
¿Y cilicio a una mujer
novia y casada de ayer?

Cuidado ¿Ésta te parece mal?
Cíñete aqueste cordón,
y, esta disciplina toma.

Esposa ¿Aun no me dejas que coma
deste pan de bendición,
deste pan de aquellas bodas?

Cuidado Soy mandado: esto ha de ser.

(Obedece la Esposa.)

Esposa Como le pudiera ver,
son pocas mis penas todas.
¡No es hábito desconforme
a la profesión que llevo,

que, aunque me parece nuevo,
es a mi intento conforme.

Cuidado — Con éste, Esposa, te queda.

Esposa — ¿A su Esposa trata así?

Cuidado — Querrá ver lo que hay en ti.

(Vase.)

Esposa — ¿Cómo haré para que pueda
verlo? Que por él me muero,
y mucho más me enamoro,
le quiero, estimo y adoro,
cuanto más le considero
desdeñoso para mí.
Por la llave de la puerta
quiero mirar, aunque abierta
la tuvo el Rey para mí.
Yo me acuerdo que algún día
por los canceles miraba
si yo en mi aposento estaba,
y lo que en mi estrado hacía.
¡Ay mi gloria! ¿Dónde estáis?
¿En qué os ofendió mi amor?
Si no hay venganza, Señor,
en quien ama, ¿vos me amáis?
Si cuando me había lavado
los pies no me levanté,
no os venguéis, que ya os busqué
con mucho amor y cuidado.

De amor eran mis querellas;
y almas que os saben amar
no pueden, Señor, llorar,
mientras vos estáis con ellas;
luego infiérese de aquí
que si os vais, Esposo santo,
es fuerza que venga el llanto,
como me sucede a mí.
¡Ay, Señor!, ¿adónde estáis?
¿Dónde hacéis siesta, Señor,
al mediodía? ¿Al calor,
donde, mi bien, reposáis?
Damas de Jerusalén,
¿dónde está el Esposo mío?

(Salen la Persecución y la Falsedad.)

Persecución (Hablando aparte con la Falsedad.)
Yo le haré que pierda el brío,
Falsedad.

Falsedad
Y yo también,
que muchas veces he dado
causa al mal, Persecución.

Persecución
Estos pensamientos son
de su Rey y Esposo amado.
Aquí esta.

Falsedad
Mas ¡cuál la tiene!

Persecución
Así trata a sus amigos:

después de amores, castigos.

Falsedad

Tal vez en castigos viene
del mismo Dios el regalo.
¿Qué es, Esposa? ¿Cómo va?

Esposa

No sé; mi Esposo me da
tal vez del pan y del palo.
No pensé que me pusiera
en este traje.

Falsedad

Tú eres
afrenta de las mujeres
por obras, por lengua fiera,
por pensamiento.

Esposa

¿Yo?

Falsedad

Sí.

Esposa

¿Quién eres?

Falsedad

La Falsedad.

Esposa

Luego, ¿no será verdad
eso que dices de mí?

Falsedad

Pues, con eso te consuelas,
si el mundo cree tu error,
y vives con deshonor?

Esposa

Las mentiras y cautelas

no ofenden para con Dios;
antes al que las padece
dan méritos.

Falsedad
Mientras crece,
por opinión de los dos,
la mala opinión, Esposa,
pocos saben resistir.

Persecución
Yo te vengo a perseguir.

Esposa
¿Quién eres, furia enojosa?

Persecución
La Persecución.

Esposa
Contigo
y la Falsedad, ¿qué haré?

Persecución
Tú lo sabes.

Falsedad
Ya yo sé
que ha de haber más de un testigo
de tus maldades.

Esposa
¿Qué dices?

Falsedad
Que has sido a tu dulce Esposo
adúltera, aunque el hermoso
rostro callando autorices.

Esposa
¿Yo adúltera? ¿Yo traidora
a mi Esposo?

Persecución No des voces.

Esposa Tú, que Sabes y conoces
lo que tu Esposa te adora;
tú, que penetras las almas,
¿no sabes que esto es maldad,
testimonio y falsedad?
Pero ansí merecen palmas,
gran Señor, las aflicciones:
vengan más, que pocas son.

Falsedad ¡La santa, la de opinión
entre perfectos varones!
¡La que miran por la calle,
para cortarle la ropa;
que ningún mancebo topa
que no le contemple el talle,
que no le mire y le haga
mil fuerzas en el deseo!

Esposa Señor, cercada me veo.
¡No permitas que deshaga
mi quietud la Falsedad
con tanta Persecución!

Falsedad (A la Persecución.)
Pienso que en esta ocasión
no importa nuestra maldad.

(Vase.)

Esposa ¡Dulce Esposo de mi vida!
¡Gloria y amor de las almas!
¡Jesús mío, Rey del cielo,
último fin de mis ansias,
a quien herida de amor
voy, como cierva a las aguas,
perseguida de las flechas
y abrasadas las entrañas,
dadme esa mano santa,
que yo sé que castiga y que regala!
Gloria de mis pensamientos,
hermosura que me abrasa,
fortaleza que me anima,
consuelo que me levanta,
¿por qué me tratáis ansí,
mi amor, mi bien, mi esperanza,
centro mío, esfera mía,
donde todo mi bien para?
¿Por qué dejáis una alma
que os quiere, busca, sigue, estima y ama?
¡Ayer bodas y hoy tragedias!
¡Ayer con tan ricas galas,
joyas, diamantes, cadenas,
y hoy persecuciones tantas!
¡Ayer gustos y hoy disgustos!
Pues yo os doy mil alabanzas,
que yo sé que quien ama
favores dulces los desdenes llama.

(Entra un Niño Jesús, descalzo, con una cruz al hombro, con tunicela de rosas de oro.)

Jesús

Quien me quisiere seguir
tome su cruz en el hombro;
que no le ha de dar asombro,
ni el padecer, ni el morir.
Venga, mis estampas siga:
sepa que no padeció
nadie más penas que yo,
Por muchas que sienta y diga.
Si no, mire mis heridas,
y verá echado el compás,
que nadie ha sufrido más,
ni menos agradecidas.
No estime su vida tanto,
porque perderla podría.
¡Cómo cogerá alegría
el que sembrare con llanto!
Quien pone su vista en mí
todo lo hallará: no hay cosa,
viéndome, dificultosa,
ni breve y fácil sin Mí.
Venid, los que estáis cansados,
y en mis brazos descansad;
los que tenéis sed, llegad,
por más que estéis abrasados.
¡Bienaventurados son
los que fueren perseguidos

Esposa

¿Qué voz suena a mis oídos,
que me enciende el corazón?
¿Si es mi Esposo? ¡Ay Dios! ¡Él es!
Pues ¿cómo niño pequeño,
Rey mío? ¡Mi bien, mi dueño,

mi Esposo, dadme esos pies!

Jesús ¡Alma mía, Esposa amada!

Esposa Señor, ¿cómo vais ansí?

Jesús Esposa, como te vi
tan perseguida y turbada,
quise mostrarte y guiarte
por la senda que has de ir,
enseñándote a sufrir
y queriendo consolarte.

Esposa Pues ¿por qué niño, Señor?

Jesús Para darte mayor luz,
que es niño amor, y la cruz
quiere, Esposa, mucho amor;
y aunque quiere fortaleza,
quiere ternura también.

Esposa Dejadla, mi amor, mi bien,
que no es tanta mi flaqueza
que no os la ayude a llevar.

Jesús La mía no, que es pesada,
aunque della, Esposa amada,
en ti vengo a descansar.
Pero si de falsedades,
de agravios, persecuciones,
testimonios, aflicciones,
envidias, enemistades,

y otras cosas que te envía
mi amor, por que el tuyo arguya,
no puedes llevar la tuya,
¿cómo has de llevar la mía?
Pues, Esposa, del regalo
solo no habéis de querer,
porque también ha de haber
tal vez del pan y del palo.
Ya comistes el pan mío;
pues éste es el palo, Esposa.

Esposa

Señor, no estoy yo quejosa,
más espero y más confío;
sino que me entristecí
de verme ayer regalar,
y no me dejar entrar
hoy, cuando a buscaros fui.
Pensaba yo que ser vuestra
me reservara de ver
persecuciones.

Jesús

Si ayer
regalos mi amor os muestra,
no los tengáis por menores
si os doy aquestos castigos;
porque yo a los más amigos
los doy por grandes favores.
Cuando quito la salud,
los hijos, la hacienda, el gusto;
doy el pleito y el disgusto,
el agravio, la inquietud,
y otras cosas deste modo,

sabed, Alma, y tened luz
que son palos desta cruz,
y que es de mi mano todo;
que mil veces a los malos
doy regalos y contentos,
porque han de ir a los tormentos,
donde no hallarán regalos;
mas a los buenos, que están
en la gloria que les di,
doyles de mi palo aquí,
y en el cielo de mi pan.

Esposa

Tu cruz quiero que me des:
la tuya será la mía.

Jesús

¿No ves tú cómo decía,
Esposa, el Eclesiastés
que el que llegare a servirme
se prepare a ser tentado;
y David, mi abuelo amado,
dijo, para que estés firme,
que eran las tribulaciones
muchas, que el justo tenía,
y yo quien librar sabía
de todas persecuciones?
¿No dije por Juan, mi primo,
que si a mí me perseguían,
lo mismo a todos harían
cuantos yo quiero y estimo?
Mira a Job cómo aconseja
que ningún cuerdo varón
repruebe la tentación.

Esposa Mi bien, mi amor, la cruz deja:
yo la llevaré.

Jesús (Mostrándole la otra cruz que quedó clavada en el suelo.)
Aquí tienes
otra con que me seguir.

Esposa Pues contigo quiero ir.

Jesús Bien haces: segura vienes.

(Toma la Esposa la otra cruz y síguele.)

Esposa Iré a donde tú me mandes.

Jesús Mi yugo es fácil; camina.

(Caminan los dos; la Esposa detrás de Jesús.)

Esposa ¡Sufre tu espalda divina,
mi Jesús, pesos tan grandes
¿Y no los sufriré yo,
vos sin culpa y yo culpada?

Jesús Ponla aquí, si estás cansada.

Esposa Nadie con vos se cansó.

(Pone la cruz en un pie, que estará hecho firme.)

Jesús — Por este palo, mi Esposa,
se ha de subir a mi pan;
porque sin cruz no le dan.

Esposa — Ya subo, joya preciosa.

(Con música aparecerá un cordero pequeño encima de la cruz; e irá subiendo la Esposa, hasta llegar donde está el cordero.)

Jesús — Come, come, Esposa mía,
pues que subes por mi cruz,
que ese pan es vida y luz,
es Cordero, es senda, es guía.
Come el Cordero de Pan,
el que los pecados quita:
¡come, vuelve, resucita!

(Entre el Regocijo y Buen Año.)

Regocijo — ¡Ved de la suerte que están!

Jesús — ¡Come, Esposa, que yo soy!
¡Venga a la pena el regalo,
esto es del pan y del palo,
que por cruz descanso doy!

(Vuelve a bajar la Esposa.)

Por pena y tormento, gloria;
por muerte, vida; por llanto,
gusto.

Buen Año

Aunque la quiere tanto,
estima que su vitoria
en llevar la cruz consista.

Regocijo

¿Qué hay, señora de la aldea?
¿No será tiempo que os vea
¡Cara vendéis vuestra vista!
¿Cómo no tratáis de mí?
¿Qué vestidos, qué aspereza
es ésta en vuestra belleza?
¿Dónde camináis ansí?
¿Dónde vais, de ayer casada?
¿Qué es de las galas?

Esposa

No sé;
sé que mi Esposo se fue,
y que estoy bien empleada.

Buen Año

¿Habéis reñido con él?
¿Cómo os ha tratado ansí?

Esposa

Desta suerte vive en mí;
desta suerte vivo en Él.

Regocijo

Que viene a bodas me dijo
el Buen Año, Esposa, hoy:
si de veros triste estoy,
¿para qué soy Regocijo?
¿Recién casada dejáis
las galas por los trabajos,
y andáis con los ojos bajos?
Zagala, no me agradáis.

La mujer que bien se emplea,
boca y ojos baña en risa:
¿Qué tenéis, que tan aprisa
vais y venís a la aldea?
Defectos en vuestro Esposo
nadie los puede poner,
porque en Dios no puede haber
defectos: esto es forzoso.
Pues en vos, nadie que os vea
los pondrá.

Esposa — Muchos podrá.

Regocijo — Eso no, pero dirá
que andáis triste y no sois fea.
Pues, si después que os casáis
con vuestro mismo Señor
tenéis tristezas de amor...,
dome a Dios, si vos no amáis.

Buen Año — Vuestros hidalgos vasallos,
que vuestras potencias son,
andan en esta ocasión
que es lástima de mirallos.
Los Labradores, sentidos,
que conmigo esperan pan,
viendo que esta cruz os dan,
andan tristes y afligidos.
A fe que debe de ser
el estar, Esposa, ansí,
por los que os sirven aquí.

(Salen la Falsedad y la Persecución.)

Persecución
Aquí habemos de volver.

Falsedad
No la habemos de dejar.
¿Qué hay, señora de la aldea?

Esposa
Que la que tan bien se emplea
solo se ocupa en amar:
Bien vengáis, persecuciones,
falsedades y mentiras,
agravios, envidias, iras,
castigos, tribulaciones.
Bien vengáis: dadme esos brazos.

Persecución
Pues ¿tú nos muestras amor?
¿No sabes nuestro rigor?

Esposa
Daros quiero mil abrazos.
Esto me enseña mi Esposo,
esto quiere, esto desea
ninguno conmigo sea
templado, corto o piadoso.
¡Ea! Heridme, lastimad
mi pecho; que yo le vi
llevar otra cruz por mí
de mayor riguridad.
Yo le vi, las sienes bellas
todas pasadas de espinas,
llamándolas clavellinas,
y éranlo de sangre en ellas.
Descalzo le vi pasar,

en forma de delincuente,
siendo Cordero inocente,
mudo al cuchillo y altar.
Aquella cruz me dejó
para que alcanzase el pan
con los trabajos le dan,
que con los descansos, no.

Regocijo

¡Pardiez, Buen Año, no sé
para qué estamos aquí!
Si Regocijo nací,
¿cómo tristeza seré?
En casa de penitencia,
de ayunos y de trabajos,
de cilicios y ojos bajos,
de humildad y de abstinencia,
¿qué regocijo ha de haber?
Vámonos, Buen Año, luego,
de rodillas te lo ruego,
donde haya bien que comer;
vámonos donde en invierno
coman con ropa de martas
y sobren perdices hartas,
vino oloroso y pan tierno;
y en el verano, Buen Año,
suenen cantimploras, frascos,
vistan telas y damascos...
¿Yo sayal? ¿Soy ermitaño?
¿Yo pan con cruz? ¿Quién tal dijo
que estemos aquí los dos?

Buen Año

Necio, donde vive Dios,

allí ha de haber Regocijo;
quien le tiene en su presencia
solo ése tiene placer,
porque no lo puede haber
a donde hay mala conciencia.
Son falsas las alegrías
de los placeres mundanos:
todos son contentos vanos
sus glorias, casas vacías.
No vayas donde pretenden,
no sirven, temen y esperan,
aunque te llamen y quieran;
que antes ésos no te entienden.
No vayas donde hay riqueza,
gustos y delitos locos,
que hay, de éstos, alegres pocos,
y es forzosa su tristeza;
porque siempre los verás
que están temiendo la muerte:
aquí te queda, y advierte
que aquí más seguro estás.
Ese es consejo de amigo:
no hay regocijo sin Dios.

Regocijo

Pues quedémonos los dos,
yo contigo y tú conmigo,
que aquí nos regalarán,
y tu consejo me agrada;
que no puede faltar nada
en casa que sobra el pan.
Más quiero esta desnudez
con la conciencia segura;

que de aquí a la sepultura
hay poco, y es el juez
no menos que Dios, y Dios
poquísimas veces da
descansos allá y acá.

(Entra el Rey Eterno, muy galán, y el Cuidado.)

Cuidado — Con ella estaban los dos.

Rey — ¿Esposa querida mía?

Esposa — Dulce Esposo regalado,
¿cómo venís de esa suerte?

Rey — Vengo a la aldea a buscaros,
con el hábito de Esposo,
que con más serenos rayos
sale coronado el Sol,
entre los nublados pardos.
Afuera, persecuciones,
iras, mentiras, agravios,
falsedades, testimonios,
que ya es tiempo de regalos.
No quede ninguno aquí.
¡Afuera!

Persecución — Falsedad, vamos,
que tengo que perseguir
ciertos religiosos castos.

Falsedad — Y yo a ciertos sacerdotes,

para más mortificarlos,
téngoles que levantar
cuatro testimonios falsos.

Vanse.)

Buen Año

Seáis, Señor, bien venido.
¿No conocéis el Buen Año?

Regocijo

Luego al Regocijo menos,
porque de vos me contaron
que llorastes, siendo Niño,
en la cueva de un peñasco,
y, siendo grande, tres veces
por los pecados humanos,
pero que nunca os reísteis;
y aun era muy justo caso,
viniendo Vos a morir
y a sufrir tormentos tantos;
que, con ser el Regocijo,
de solamente pensarlo,
las lágrimas se me vienen
a los ojos. Más lloraron
los ángeles; no era mucho,
pues ellos son ciudadanos
del reino de la alegría,
que yo, el Regocijo humano,
llorase tanto dolor.

Rey

Desnuda luego, Cuidado,
esas ropas a mi Esposa,
que desta manera pago

las persecuciones yo;
hoy quiero hacer franco plato.

(Quítanle el saco de penitencia. Quede debajo muy galana, con muchas joyas.)

Hoy me quiero dar a mí
en el Pan sacramentado.
¡Ea! Ponedle las joyas,
que quiero que juntos vamos
con grande fiesta al aldea.
Vengan todos sus vasallos:
los Sentidos, Labradores
y las Potencias; hidalgos
regocijen a mi Esposa.

Esposa

Mi Rey, mi Cordero santo,
¿cúyo fuera este favor
sino de esas santas manos?

Buen Año

¡Qué buen año me promete!
Porque, en estando enojado,
no llueve, y se sube el pan.

Rey

Yo te daré Pan, Buen Año.

Regocijo

Y yo, de puro placer,
salto, canto, bailo y danzo.

(Salga la música, de labradores, como primero, con fiesta.)

Cuidado

Ya, con gusto y regocijo,

viene el aldea cantando
a recibiros, Señor.

Sentidos

Seáis, Señor, bien llegado;
que esa divina presencia,
que alegra los cielos claros,
hará corte nuestra aldea,
hará cielos nuestros campos.

Rey

Vasallos, hoy a mi Esposa
desta manera regalo:
tras tantas persecuciones
así la visto y la trato:
que, hasta que de esta aldea
la lleve a mi reino santo,
ha de haber regalo y cruz;
que esto es del pan y del palo,

Músicos

Del pan y del palo
me da mi Esposo:
váyase norabuena
uno por otro.

Fin de la comedia

Libros a la carta

A la carta es un servicio especializado para
empresas,
librerías,
bibliotecas,
editoriales
y centros de enseñanza;
y permite confeccionar libros que, por su formato y concepción, sirven a los propósitos más específicos de estas instituciones.

Las empresas nos encargan ediciones personalizadas para marketing editorial o para regalos institucionales. Y los interesados solicitan, a título personal, ediciones antiguas, o no disponibles en el mercado; y las acompañan con notas y comentarios críticos.

Las ediciones tienen como apoyo un libro de estilo con todo tipo de referencias sobre los criterios de tratamiento tipográfico aplicados a nuestros libros que puede ser consultado en Linkgua-ediciones.com.

Linkgua edita por encargo diferentes versiones de una misma obra con distintos tratamientos ortotipográficos (actualizaciones de carácter divulgativo de un clásico, o versiones estrictamente fieles a la edición original de referencia).

Este servicio de ediciones a la carta le permitirá, si usted se dedica a la enseñanza, tener una forma de hacer pública su interpretación de un texto y, sobre una versión digitalizada «base», usted podrá introducir interpretaciones del texto fuente. Es un tópico que los profesores denuncien en clase los desmanes de una edición, o vayan comentando errores de interpretación de un texto y esta es una solución útil a esa necesidad del mundo académico.

Asimismo publicamos de manera sistemática, en un mismo catálogo, tesis doctorales y actas de congresos académicos, que son distribuidas a través de nuestra Web.

El servicio de «libros a la carta» funciona de dos formas.
1. Tenemos un fondo de libros digitalizados que usted puede personalizar en tiradas de al menos cinco ejemplares. Estas personalizaciones pueden ser de todo tipo: añadir notas de clase para uso de un grupo de estudiantes, introducir logos corporativos para uso con fines de marketing empresarial, etc. etc.
2. Buscamos libros descatalogados de otras editoriales y los reeditamos en tiradas cortas a petición de un cliente.

LK

www.ingramcontent.com/pod-product-compliance
Lightning Source LLC
LaVergne TN
LVHW101931220826
846093LV00009B/428